Ich

Du

Wir

Alle

Herstellung und Verlag:
BoD - Books on Demand, Norderstedt
ISBN 978-3-7386-5960-3

Endlich - Problem gelöst.

Leider nur eins!

Zwei neue Probleme?

Ich muss schneller werden,

sonst wachsen mir die

Probleme über den Kopf.

„Das schaffe ich ~~NIE~~"!!

Schritt für Schritt. ☹

Springen

ist aber viel schöner! ☺

So ist es nun mal:

glücklich /

traurig /

glücklich /

traurig /

………

………

Hoffentlich steht am Ende
der Anfang.

Leben ist nicht unendlich,
darum lass uns endlich
leben.

Hast Du schon einmal daran gedacht aufzugeben?
Ja!
Würde ich aber nie machen.
Wer weiß, was noch alles kommt.

Meine Liebe zu meinen

Kindern ist so groß,

dass ich sie nicht fassen kann.

Weniger ist mehr???

Stimmt, um seinen Seelenfrieden zu finden kommt man mit ganz wenig aus.

Wenn jeder an sich denkt,

ist an alle gedacht. ☹

Kranke? Behinderte? Kinder?

Alte? Tiere? Einsame?

Hilflose?

Ich würde ein ganzes Leben

auf Dich warten.

Du kannst ja nicht

zurückkommen.

Vielleicht sehen wir uns ja

dann später.

Alleine sein kann sehr schön sein.

Schön ist, wenn man nicht alleine sein muss.

Ich war schon ganz oben.

Ich war schon ganz unten.

Jetzt arbeite ich an der Mitte.

Geliebt zu werden ist nur dann schön, wenn man sich nicht verstellen muss.

Du kannst doch nicht mich
meinen! Oder vielleicht doch?
Wenn ich gewusst hätte, wie
schlecht Du drauf bist, hätte
ich mich wärmer angezogen.

                    Ich friere!

Ich weiß, es ist falsch.

Ich könnte es anders und besser machen.

Es klappt nicht!

Manchmal bin ich ganz nah dran. Dann kommt eine Falle, ein Loch, und ich fange wieder von vorne an.

Was macht Glück aus?

Geld - Autos - Schmuck - Wohlstand?

Ja, wohl nicht…… oder?

Arm sein ist nicht leicht,

Hunger zu haben sehr schwer,

Angst um sein Leben und das

der Familie zu haben ist

unerträglich.

Uns fällt nur auf, was uns fehlt. Was wir haben, ist selbstverständlich.

Hast Du keine anderen
Sorgen? Lass doch die Kinder
spielen, die Hunde bellen, die
Menschen feiern und das
Leben pulsieren.

Ein schöner Traum erfüllt einen mit Glück.

Ein schöner Tag ist Erfüllung.

Warum war ich gestern

noch mal so sauer auf Dich?

Keine Ahnung mehr.

Ja, dann muss es ja besonders

schlimm gewesen sein.

Das Böse auf der Welt endet nie.

Doch wenn wir das Böse akzeptieren, endet irgendwann das Gute.

Ich war schon öfters am
Boden, habe gedacht, ich
schaffe es nicht.
Hoffentlich habe ich mich auch
diesmal geirrt.

Du Arme, magst keine Hunde?
Dann hast Du noch nie einen
in Dein Herz gelassen.

Hier stimmt doch vieles nicht.

Wir machen Diäten,

lassen uns Fett absaugen oder

den Magen verkleinern,

während in anderen Ländern

Menschen hungern.

Das muss doch in den Griff zu

kriegen sein.

Es ist wichtig zu trauern,

doch dann –

muss man sich trauen,

wieder zu lachen.

Den Tod fürchte ich nicht,

da kommt noch was ganz Großes.

Das Leben macht mir manchmal Angst.

Vieles geschieht, was wir nicht ändern können.
Angst davor verlängert nur die schlechte Zeit.

Na toll, so ein blöder Tag!

Lösung: Ich nehme den letzten Euro, kaufe für 75 Cent eine Sonnenblume und gehe zu meiner Mama ans Grab.

Grübeln??

Jetzt werde ich mal nur noch über schöne Zeiten nachdenken.

Da habe ich auch genug zu tun.

Wenn man in einen Brunnen gefallen ist, kommt man alleine nicht mehr raus. Nimm Hilfe an!

Erst als Du gegangen bist,

habe ich gemerkt,

wie unglücklich ich war.

💧

💧

Ich bin stark, mich kann so leicht nichts erschüttern. Oh bitte nicht – liegt da ein toter Vogel?

Wer außergewöhnlich gut und viel arbeitet, soll auch viel Geld verdienen. Aber so viel, dass er sich gleich eine Insel kaufen kann?
Na, ich weiß nicht!!!

Ach, die Weltmeere werden

Dich überleben?

Bist Du sicher,

dass Du nicht noch einmal

geboren wirst?

Als Fisch zum Beispiel?

Jetzt habe ich mich aber über Dich geärgert. ☹

Wenn Du mir nicht wichtig wärst, würde es mir nicht so viel ausmachen.

Heute gehst Du –sofort.

All die vielen Jahre

hast Du nichts gesagt.

Ich hatte keine Chance.

Die Vergangenheit können wir nicht ändern.

An der Zukunft müssen wir arbeiten.

Manchmal vergesse ich, dass
ich für mein Glück selbst
verantwortlich bin.
Andere können mir nur
beistehen.
Leben muss ich allein.

Gemeinsam ist ein so schönes
Wort. Aber bitte:
Niemals gemein und
niemals einsam sein.

Geistig behinderte Menschen
sind meist fröhlich, freundlich
und dankbar für alles.
Ob sie eine Hilfe von oben
bekommen?

Wenn man immer in sich
hinein hört,
ist man gefangen in sich
selbst.

Manche weinen laut,

manche weinen leise.

Würde jeder seinen Kummer

herausschreien, gäbe es wohl

keine Ruhe mehr auf der Welt.

Uns geht es gut,

wir wollen nichts abgeben,

wir wollen immer mehr.

Es gibt Menschen, die einen

immer wieder runterziehen.

Man droht zu ertrinken.

Manchmal muss man einen

Schnitt machen, damit man

wieder auftauchen,

durchatmen und weiterleben kann.

~~~~~~~~~~~~~~~~~~~~~~~~~~~~~~

Heute war ein guter Tag.

- Keinen Ärger
- Keine Sorgen
- Nichts tat weh

Hoffentlich bin ich morgen nicht wieder so faul.

~~~~~~~~~~~~~~~~~~~~~~~~~~~~~~

Das Leben hat viele Seiten.
Tue alles, damit so viele wie
möglich bunt werden.

Oft war ich müde und faul.

Hoffentlich bereue ich das

nicht mal.

Ende offen!

Von wegen!

Jeder kennt es,

aber keiner weiß, wie es

aussieht.

Okay, Du hast viele Probleme.
Wenn Du trinkst, hast Du
noch eins.

Schade, dass Hunde nicht so
alt werden,
sonst hätte man ein ganzes
Leben einen Freund.

So viele Menschen hungern.
Wir machen Diäten
und sind auch noch schlecht
drauf.

Heute habe ich den ganzen Tag nichts vor.

Ist das schön! ????

Schön, dass Du endlich da bist.

(Nicht so sehr freuen, das geht meistens schief.)

Immer, wenn ich nicht einschlafen kann und die Gedanken verrückt spielen, versuche ich an was Schönes zu denken.
Dann klappt es mit dem Schlaf erst recht nicht.

Wenn Du ihn verlässt, bist Du alleine?

Ja und FREI !

Wieso igitt – eine Ameise!

Du willst doch immer ein

Wunder sehen!

Jeder hat eine eigene Meinung.

Meist akzeptiere ich das.

Manches ist aber indiskutabel.

Die Zeit läuft, na und.

Wäre ja schlimm, wenn es

immer 5 vor 12 wäre.

Das Glück kommt und geht.

Der Kummer auch!

Im Alter könnte jeder seinen eigenen Roman schreiben. Keinen Liebes-, keinen Horror-, keinen glücklichen oder traurigen Roman. Einfach von allem etwas.

Morgens zu erwachen ist nur dann schön, wenn man abends zufrieden und froh eingeschlafen ist.

Ich wollte immer endlich ankommen.
Ist das Stillstand?
Kommen wir erst am Ende an???

Ich weiß genau, auch wenn wir mal gestritten haben, Du hast immer gewusst, dass ich Dich geliebt habe.

Wenn man einen kleinen Vogel beobachtet, wie viel Lebensfreude er hat, wie viel Energie.
Was braucht man, um glücklich zu sein?

Wenn Du weinen musst,

weine.

Dann denke daran, wie schön

das Leben sein kann.

Der Morgen ist so schön und kostbar.
Verderbe ihn nicht mit Deiner Gier.

Warum bin ich so sauer?

Hast Du etwa recht?

Mit der Erwartungshaltung

ist es so eine Sache.

Meist kann sie gar nicht erfüllt

werden.

2 Personen – 2 Gedanken

Wenn wir keine Rücksicht auf Andere, auf die Natur, auf die Umwelt nehmen, machen wir alles kaputt.

Ich hoffe und bete, dass all die
toten Menschen und Tiere, die
im Leben nur Hass und
Gewalt erlebt haben, nach dem
Tode ihren Frieden finden und
Glück erleben dürfen.

Du sagst immer, Du bist ganz alleine, hast niemanden.
Da ist doch jemand, dem Du das sagst.

Mama war ein zufriedener Mensch. Abends im Bett hat sie sich glücklich gestreckt und gerekelt und gesagt: „Können wir froh sein, dass wir nicht in einer Höhle schlafen müssen."

Einmal am Tag will ich was
Gutes tun.
Das reicht nicht!
IMMER – ALLE

Man schläft, wenn man
müde ist,
isst, wenn man Hunger hat,
trinkt bei Durst -
und bei Einsamkeit?

Das Leben ist begrenzt.

Alle Grenzen kann man eben

doch nicht abbauen.

Nur einige Wörter, die ich nicht mag:

    Lebensabschnittspartner

    All included

    Bonusfamilie

    Zeitvertrag

    Kinderarbeit

„Schrecklich nett"

„Furchtbar schön"

„Herzzerreißend süß"

Na, was denn jetzt??

Heute habe ich gedacht, ich werde verrückt.
Ich bin´s wieder nicht geworden.
      Oder????????

Vieles, was ich anders machen wollte, habe ich fast kopiert.

Weine, tobe, schreie und trauere -

aber werde nie verbittert.

Wenigstens an einem Tag in der Woche kein Fernsehen. Das ist wirklich schön.

Hoffentlich stehen am Ende
alle Menschen vor einem
Richter und müssen sich
für alles verantworten, was sie
anderen angetan haben.

Lerne zu unterscheiden, was wichtig ist!
Der Kuchen ist verbrannt –
na und !!!
Das Haus ist ……………

Streit kann ich ganz schnell vergessen. Erst beim nächsten Mal merke ich:
„Das hatten wir doch schon!"
Es geht meist um das Gleiche.

Die Welt ist eine einzige große
Baustelle.
Solange noch gebaut wird,
besteht Hoffnung.

Ein Hund, der geliebt wird,

ist auch noch mit drei Beinen

oder gelähmt überglücklich.

Schade!

In diesem Jahr habe ich es nicht geschafft, Dich auch nur 1x zu besuchen.

Ich komme noch heute vorbei.

Wenn Ihr in Frieden kommt,
freue ich mich.
Akzeptiert – worauf wir so stolz
sind.
TOLERANZ

~~~~~~~~~~~~~~~~~~~~~~~~~~~~~~

Ja, vielleicht, mal sehen,

eventuell..…….

Gut, wenn man sich entscheiden

kann.

~~~~~~~~~~~~~~~~~~~~~~~~~~~~~~

Da wir eine Wahl haben,

ist manches nicht so einfach zu entscheiden.

Gut, dass es so ist!

Juchu, toll, klasse….
Ich bin gesund,
habe genug zum Leben,
eine Familie,
Freunde!
Jetzt fehlt mir nur noch ein Hund.